길을 잃는 것이
길을 찾는 길이다

-자전거여행 포토에세이

박주하 글 • 사진

자전거여행은
미니멀리즘, 노마디즘 철학을
실현하는 지름길

길을 잃는 것이 길을 찾는 길이다
-자전거여행 포토에세이

길을 잃는 것이
길을 찾는 길이다
-자전거여행 포토에세이

초판 1쇄 펴낸 날 / 2020년 9월 18일

지은이 • 박주하 | 펴낸이 • 임형욱 | 디자인 • 예민
펴낸곳 • 행복한책읽기 | 주소 • 서울시 종로구 창신11길 4, 1층 3호
전화 • 02-2277-9217 | 팩스 • 02-2277-8283 | E-mail • happysf@naver.com
인쇄 제본 • 동양인쇄주식회사 | 배본처 • 뱅크북(031-977-5953)
등록 • 2001년 2월 5일 제2014-000027호 | ISBN 979-11-88502-18-9 03810
값 • 15,000원

목차

눈보단 가슴으로 바라보기

"행간을 읽어라(속뜻을 읽어라 = Read between the lines)"라는 말이 있습니다. 사진에서 피상적으로 보이는 껍데기보단 사진 속에서 읽을 수 있는 내재적인 속살을 살펴보며 그 속에서 뭔가 한가닥이라도 깨달음을 얻고자 하는 자세입니다. 그래서 사진작가들은 흔히 "눈으로 찍지 말고 가슴으로 찍어라"고 말하지요.

예전 필름값이 비쌌던 아날로그 카메라 시절엔 한참의 심사숙고 후에야 비로소 셔터 한 방을 누르곤 했습니다. 제아무리 디지털 메모리가 초대용량화, 초저가화되어 마음껏 무한리필로 찍을 수 있는 물리적 환경이 되었지만 셔터를 누르기 전에 한번 더 심호흡을 하며 눈보단 가슴으로 바라보는 시각을 갖고자 더욱 노력하겠습니다.

"가장 중요하고 가장 아름다운 것은 눈이 아닌 가슴으로 보인다."

1부

가슴이 떨릴 때 떠나라

잘 짜여진 여행은 여행이 아니다.
방황 없는, 방랑 없는 여행은 여행이 아니다.
어느 길로 가야 할지, 어디서 멈춰야 할지 주저할 때
비로소 여행은 시작된다.

2014년 5월 몬테네그로 古都 코토르에서

지도나 내비가 알려주는 뻔한 길에서 벗어나 보라.
지도나 내비를 버리고 나만의 길을 찾아보라.
가슴 닿는 대로 발길 닿는 대로 나아가보라.

2020년 5월 경기도 고양시 행주산성 부근에서

난 불가능을 꿈꾼다.
불가능을 꿈꾸지 않으면
가능한 것조차 할 수 없기 때문이다.
그래서 난 불가능을 꿈꾼다.

2014년 6월 마케도니아에서 세르비아로 넘어가는 길이 고속도로 밖에 없었다.

여행이란
숨 쉴 틈 없이 마침표만 찍으러 가는 것이 아니라
때론 쉼표도 찍어 보고
느낌표나 물음표도 찍어 보고

긴 말없음표를 찍어 보기도 하다가
마지막엔 어떤 글이나 사진조차 남기지 않고서
텅 빈 가슴으로 돌아오는 것.

2014년 크로아티아 두브로브니크로 가는 길

"희망이란 뭔가 이루어질 것이라는 바램이고,
신념이란 뭔가 이루어지리라는 믿음이며,
용기란 뭔가 이루어지게 하는 것이다."

2009년 6월 24일 몽골 고비사막 단독종주를 무사히 마치고 울란바토르 시내 징기스칸 동상 앞에 도착해서 지식보다 중요한 것은 상상력이다.
상상력이야말로 창의력을 받쳐주는 주춧돌이다.
상상력이 메마른 사람들과 이야기하기는
산소가 고갈된 공기를 숨 쉬는 것과 다름없다.

교과서적인 철자법에 콕 갇혀 있는 사람들에겐 저런 튀는 아이디어가 나올 리가 만무하다. 우물 안에서 튀어나오는 개구리가 되려면, 쳇바퀴에서 튀어나오는 다람쥐가 되려면, 선입관념이라는 오랏줄에서 벗어나오려면 과거로부터의 탈세뇌, 탈학습이 필요하다. 내가 바깥 세계를 여행하는 바로 그 이유이다.

2014년 6월 헝가리 부다페스트 시내

동유럽 발칸반도 세르비아의 차차크 방문은 내 평생의 여행과 인생에 새로운 철학을 심어준 중차대한 계기가 되었다. 막상 목적지에 도착해서는 종종 기대에 못 미쳤던 아쉬움과 실망감을 비우기가 쉽지 않았다.

지나치게 목적지향적인 삶보다는 지나가고 있는 지금 이 순간을 제대로 즐기며 곱씹을 줄 아는 보다 겸손한 삶을 살아가야겠다는 걸 뼛속 깊이 깨닫게 된 고맙기 그지없는 여행으로 마감되었다.

2014년 마케도니아 평야지대를 지나며

때로는 당나귀 타고 풍차를 향해 돌진하는 정의와 자유의 기사 동키호테
가 되고, 때로는 말 타고 모스크바를 향해 돌진하는 유라시아 대초원을 제
패한 제왕 징기스칸이 된다.

원하는 대로 마음껏 상상하고
원하는 대로 마음껏 방랑하고
원하는 대로 마음껏 질주하라.

내 핏줄엔 돈키호테와 징기스칸의 DNA가 흐르고 있다.
내 핏줄엔 집시와 노마드의 DNA가 흐르고 있다.

2014년 마케도니아 평야지대

전혀 모르는 언어를 쓰는 나라를 찾아갔고
지도에도 없는 쓸쓸한 외딴 마을을 찾아갔고
황폐해 쓰러져가는 주인 잃은 집들을 찾아갔고
눈에 띄지 않고 수줍어 보이는 꽃들을 찾아갔다.
그런데 거기선 다름 아닌 내 모습이 비치고 있었다.

2014년 6월 알바니아 산악지방을 지나다가

피가 식어가면 육체가 죽어가고,
꿈이 식어가면 영혼이 죽어간다.

혈액순환이 좋아야
건강한 육체를 유지할 수 있듯이
열정이 뜨겁게 살아서 꿈틀거리고 있어야
아름답고 멋진 삶을 활기차게 펼쳐나갈 수 있다.

2006년 7월 키르기즈스탄 국경도시 오쉬

내가 직접 겪어 보지 않고선 남의 아픔, 슬픔, 외로움, 배고픔, 추움, 힘듦
을 제대로 깨닫기 어렵다.
진정 남을 이해할 수 있으려면 나도 똑같은 경우에 빠져 보아야 한다.

안락한 온실에서 벗어나는 낯선 여행은
남을 이해할 수 있는 지름길 중의 하나다.

2014년 5월 몬테네그로에서 알바니아로 넘어가는 산악지방

남의 여행기, 남의 연애소설, 남의 창업성공담을 소파에 앉
아 백권 읽고 있는 것보단 차라리 일찌감치 실패의 쓴맛을
몸소 겪어보는 게 백배 낫다.
No Pain, No Gain!

2015년 경기도 파주 임진각

해외여행 중 호텔보다는 게스트하우스를, 게스트하우스보다는 캠핑을, 캠핑보다는 민박을 선호한다. 호텔은 편리하지만 외롭고, 게스트하우스는 저렴하지만 현지인이 아닌 여행객끼리만 만나게 되고, 캠핑은 숙박비가 굳는 대신 긴긴 밤이 심심하다. 그에 비해 민박은 현지인의 속살로 파고 들어가 실생활을 들여다볼 수 있는 알짜배기 여행으로의 소중한 계기를 마련해 주곤 한다.

특히 상설 유료 민박이 아닌 무료 초대에 의한 민박인 경우 간혹 숙박 시설이 다소 불편하거나 언어소통이 어려울 수도 있지만 그럴수록 현지인들의 꾸밈없는 생활문화를 생생하게 체험할 수 있는 소중한 기회를 맛볼 수 있다.

여행은 '뻔한 사람들'이 아닌 '뭔가 다른 사람들'을 만나기 위함이다.

2014년 8월 카자흐스탄 시골 마을에서 하룻밤 자고 떠나는 순간

2014년 6월 세르비아 중부의 작은 도시 자고디나

세르비아 지방 소도시의 구멍가게에서 갈증을 달래려 자전거에서 내려 콜라 한 병을 마신 후 떠나려 하니 가게 주인아주머니가 손을 흔들며 "스레찬풋(Срећан пут)!"이라며 인사한다. 오랜 여행의 통밥으로 아마 'Bon voyage'라는 인사겠지 하며 추측했는데 마을을 떠나는 출구 표지판에 방금 전에 들었던 바로 그 문구가 떡하니 있지 않은가.

'Bon voyage', 'Buen viaje', 'Gute Reise', 'Have a nice trip'에 해당하는 이 세르비아 인사는 그후로도 수차례 다시 들으면서 이젠 평생 잊어버리지 못할 귀에 익은 말이 되었다. 그런 식으로 귀와 입에 익어버린 세르비아어가 적지 않다. "흐발라(Хвала=Thank you)", "도브러 유트러(Добро jутро=Good morning)" 등등.

교실에서 교과서로 주입식으로 배운 말은 책을 덮고 교실 문을 닫고 나가는 순간 새까맣게 잊어버리는 편이지만 실생활에서 배운 시츄에이션 언어는 잊혀지기는커녕 머리와 가슴속에 각인되어 평생을 간다. 러시아어와 중국어를 국내 학원에서도 배워보긴 했지만 실제 머릿속에 박혀 있는 건 모두 여행 중 길 위에서 보고 들으며 배운 것들이다.

행복은 삶의 종착지에서 찾는 게 아니라
살아가는 순간의 과정에서 깨닫는 것이다.

나를 반겨주는 꽃들이 있다는 사실만으로도
나는 무한한 행복과 감사함을 느낄 수 있었다.
행복은 깨달음이다.

2020년 6월 고양시 일산
대화천 부근에서

당시에는 이 길이 그렇게 아름다운 줄 잘 몰랐다.
오늘은 어디까지 가야지 하며 지도에 끌려갔다.
지나고 보니 뒤늦게서야 깨닫게 되었다.
목적지 도착보다
과정의 순간순간들이
훨씬 더 아름다웠다는 것을.

2014년 4월 슬로베니아의 아주 한적한 농촌

30

앞이 뻔히 내다보이는 길은 지루하다.
앞이 뻔히 내다보이는 사람도 지루하다.
내일이 뻔히 내다보이는 삶은 지루하다.
내일이 뻔히 내다보이는 사람도 지루하다.
가끔은 뻔하지 않은 길을 가고 싶다.
가끔은 뻔하지 않은 삶을 살고 싶다.
가끔은 뻔하지 않은 놈이 되고 싶다.

2020년 5월 경기도 고양시 행주산성으로 가는 한강변 자전거길에서

난 혼자선 못해.
난 혼자선 안돼.
단지 시작조차 해보지 못한 채
불가능한 여행이라고 말하지 말라
2006년, 2009년에 이어 2010년에 또다시 몽골에 도전하면서
바야흐로 고비사막을 건널 수 있었다.

2010년 몽골 고비사막 단독 자전거 종주

환경을 적극적으로 바꿔봄으로써
다양한 사고와 아이디어가 불쑥 떠오를 수 있다.
앉은 자리에서 게으름 피우며 꼼짝도 않은 채
혁신적인 변화를 기대하지 말라.

서울 난지한강공원 캠핑장에서

죽기 전에 언젠간 꼭 넘어야 할 영혼의 고향
고지가 바로 저긴데 예서 멈출 수 없다.

2014년 8월 키르기즈스탄 이식쿨 호수 부근에서 중국 쪽 천산을 바라보며

한반도의 삼면이 바다에 둘러쌓여 있고 한면이 대륙에 연결되어 있다는
사실이 지정학적으로 얼마나 중요한지 대부분의 사람들은 별로 실감하지
못하고 있다. 한편 혹자는 당장의 이기적 기득권 수호를 위해서 내심 남북
통일을 원치 않고 있다는 사실이 엄청나게 슬픈 현실이다.

더 나이들기 전 팔다리 멀쩡할 때 말 대신에 철마인 자전거 타고 북한의
동서, 남북을 가로질러 어머니의 고향인 원산을 거쳐 연해주의 블라디보
스톡으로 건너가 바이칼 호수를 지나 우랄산맥을 넘어 상트페테르부르크

에 이르기까지 시베리아 대평원의 바람을 쐬며 대륙의 정기를 가슴 깊이
새기고 싶다.
아니 목적지에 다다르지 못한 채 시베리아 평원 어디선가 지쳐 쓰러져 독
수리의 밥이 되어도 좋다.
여행의 진정한 의미는 목적지 도착 그 자체가 아니라 여정의 순간순간에
서 얻어지는 기쁨과 깨달음이니까.

서울 난지한강공원

여행의 즐거움은
목적지에의 도착이 아니라
여행 중에 부딪치는 온갖 크고 작은 깨달음이다.

코로나 덕분에 해외에 나가지 못하다 보니
일상 속에서 여행을 즐기게 되었고
여행 속에서 일상을 누리게 되었다.
또 하나의 긍정적 깨달음이다.

고양시 대화천 옆

2부

달릴 때 나는 자유롭다

꽃길을 달리는 순간만큼은 이유 여하를 막론하고
생동하는 회춘의 기운이 스며든다.
얼굴에 저절로 미소가 떠오른다.

쌓였던 스트레스가 사라진다.
행복 호르몬이 분비된다.
기분이 상쾌해진다.

"나는 아무 것도 바라지 않는다.
나는 아무 것도 두려워하지 않는다.
나는 자유다."
-니코스 카잔카스키

2014년 8월 카자흐스탄 대평원에서

44

내게 행복을 가져다 주는 존재는
어떤 소유나 남이 아니라 나 자신이었다.
오직 나 자신 스스로의 깨달음과 깨우침이었다.

수고하고 무더위에 지친 자전거들아
다 내게로 오라
내가 너희를 편히 쉬게 하리라.

고양시 대화천

누가 자전거를
눈 오는 겨울철에
타지 못한다고 했는가?
전지형 전천후 자전거는
언제 어디서든지 달린다.

화려한 꽃들의 유혹에 원 없이 빠져들고자
걷는 속도보다 더 천천히 자전거를 굴렸다.
꽃이 떨어지는 속도보다 더 느리게 굴렸다.

2020년 4월 경기도 고양시 교외

아무 일도 하지 말라.
아무 생각도 하지 말라.
시간 따윈 새카맣게 잊어버리고
그냥 멍때리고 한동안 있어보라.

2014년 4월 헝가리 발라톤 호수

2020년 5월 오이도의 낮

땅거미가 지는
어스름 밤바다
나이트 라이딩
바이킹 노마드

2020년 5월 오이도의 밤

수차례의 몽골 자전거여행을 통하여 미니멀리즘과 서바이벌리즘이 농축
된 유목민들의 노마디즘을 엿볼 수 있었다.
그러나 그들에게 노마디즘이란 거창한 철학이기 이전에 조상 대대로 전
해져 내려온 전통적 일상생활이자 생존수단이었고…

2010년 몽골 게르에서의 민박

…나는 그들을 흉내냈을 뿐이었다

2014년 키르기즈스탄 산악지방에서의 야영

타프, 자전거와 함께 하는
미니멀리스트 서바이벌 스텔스 캠핑

코소보 수도 프리슈티나로 가는 길가 음식점에서 자전거에서 내려 점심 식사를 마치고 계산하려니 누군가가 나 몰래 미리 계산하고 사라졌단다. 가슴이 울컥해지며 눈시울이 뜨거워졌다. 지구상엔 천사들이 곳곳에 숨어 살고 있다.

2014년 6월 코소보 수도 프리슈티나로 가던 길

발길 닿는 대로 가슴 떨리는 대로
지도에 묶이지 않고 여정에 끌리지 않는
아나키스트 보헤미안 집시가 되어
갈 데까지 가보자.

동유럽 발칸반도 보스니아 헤르체고비나로 들어가던 길

관광객은 눈으로 머리로 유람하며 답습하고,
여행가는 발로 가슴으로 발견하며 깨닫는다.

관광객은 편안하고 안전한 지역에 머무르면서 빽빽하게 짜여진 일정에
따라 주요 명소를 관람할 뿐이다. 그들은 현지인들을 만나기 위해 돌아다
니는 불편하고 때론 위험한 노력을 하지 않는다. 호텔에서 호텔로 전전하
며 여행 가이드북에 알려진 대로 코스를 따라 유명 관광지를 답습한다. 그
리고 정해진 포토존에 서서 한결같이 똑같은 구도의 인증사진으로 SNS에

올려 천편일률적인 관광객의 대열에 합류한 것을 자랑스럽게 여긴다.

여행가는 사람들을 만나고자 온통 노력한다. 그들은 현지인들을 찾아가 먼저 말을 붙이며 이야기를 나누고, 낯선 도시가 주는 최고의 비밀스런 그 무엇을 찾거나, 여행 서적에서 찾을 수 없는 행간을 읽어내며 알려지지 않은 독특한 이야기들을 발견하고자 노력한다. 여행가는 현지인이야말로 뭔가 새로운 것을 탐험하기 위한 최고의 자원임을 익히 잘 알고 있기 때문이다.

2014년 4월 헝가리 수도 자그레브 시내 민속축제

여행 중 쓰러져가는 폐가를 지나칠 때마다 왠지 모르게 자석에 끌리듯 시선을 빼앗기곤 했다. 내 그림자를 유체이탈해서 바라보고 있듯이 아니면 동병상련의 존재를 만난듯이.

이 나이에 무슨 트라우마 따윈 이젠 웬만큼 정리되었을 법도 한데 영혼의 저 먼 밑바닥에서 씻겨지지 않은 채 소용돌이처럼 여전히 맴돌고 있는 것은 도대체 무엇이란 말인가.

이럴 땐 발칸 음악이나 폴투갈 파도(Fado)가 부작용 없는 마약이 되어 주기도 하고 훌륭한 굿거리장단이 되어 주기도 한다

2014년 6월 세르비아 중부 지방을 지나며

김태희가 시장에서 냉차 파는 나라 키르기즈스탄

2014년 8월 키르기즈스탄 시골을 지나다가 목이 말라 재래시장에서 냉차 한 잔을 사 마시고
기념사진을 찍으려 하자 김태희가 버선발로 달려와 스스로 모델이 되어 주었다.

고지식하게 판에 박힌 뻔한 사람은 지루하다.
내겐 어디로 튈지 모르는 럭비공처럼 경계를 뛰어넘는 사람이 흥미롭다.
두어 시간 동안 집시 뮤지션과 함께 짧은 영어, 프랑스어, 독일어, 러시아
어 등을 섞어가며 음악 얘기를 나누었다.
언어의 끝은 곧 음악의 시작이라지.

2014년 4월 크로아티아 스플릿 해변 광장에서

2014년 5월 동유럽 알바니아의 산골 마을을 지나면서 갈증도 풀고 잠시 쉴 겸 동네 구멍가게에 들렀다가 옹기종기 모여 있던 동네 청년들이 보기 드문 반가운 동양 손님이 왔다며 맥주 한 병을 선사해 주어 짧은 영어로 잠시나마 대화를 나눌 수 있었다.

알바니아는 내 60세 기념 80일간 동유럽 발칸반도 10개국 단독 자전거여 행 중 가장 찡하고 뜨겁게 크고 작은 수많은 환대를 받았던 나라였다. 동 서유럽국가 중 최고빈민국이자 유일한 이슬람국가이지만 국민성은 돈에 오염되지 않은, 가장 온화하고 친절하며, 소박하기 그지없었다. 그들만의 독특한 언어와 문자는 전혀 알아들을 수 없었지만 순박한 눈동자와 가슴 속에 흐르고 있는 따스한 심성은 고스란히 내게 전해져와 내 가슴까지 눈 물겹게 물들여 버렸다.

세상에서 가장 먼 여행은 머리로부터 가슴까지의 여행이라지.

2014년 5월 동유럽 알바니아의 산골 마을

"지상에서 천국을 찾지 못한 자는
하늘에서도 천국을 찾지 못할 것이다."
-에밀리 디킨슨

천국의 천사들은
다름 아닌 바로 지금 우리 옆에 인간의 얼굴로 숨어 있었다.

2014년 마케도니아 수도 스코피에 뒷골목

2014년 5월 크로아티아 아드리아 해변

눈이 부시게
푸르른 날은
그리운 사람을
그리워하자.

동유럽 음악의 DNA 속에선 타타르와 몽골, 그리고 돌궐과 東夷의 냄새가
난다. 여러모로 발달한 서유럽의 프랑스에선 잠시 살아보기도 했었지만
여생을 다시 해외에서 산다면 소박하고 왠지 찡한 친근감이 드는 동유럽
에서 살고 싶은 생각이다.

2014년 6월 우크라이나 흑해 연안 도시 오데사에서 거리표지판. 영어 이름의 캐서린(Catherine)을 프랑스에선
까트린느라고 부르며, 우크라이나에선 카테리나(Катерина), 러시아에선 예까쩨리나(Екатерина)라고 부른다.

자전거 거치대가 반드시 반듯해야 할 필요는 없다. 껌 좀 씹는 여고생의
꼬인 다리처럼 개성 있게 좀 삐딱해도 좋다.

2014년 7월 헝가리 부다페스트 시내

71

멍때리기에 빠졌던 그곳은 분명 낯선 곳이었지만
헤밍웨이의『노인과 바다』가 떠오르고
이상의『권태』가 떠오르는 데자뷰로 다가왔다.
전생에서 이생으로 잠시 소풍 나온 나를 보았다.

2014년 5월 마케도니아 오흐리드 호숫가에서

2012년 7월 경기도 양평군 앙덕리 마을회관 앞 강변 고목나무 밑에서

남한강에서 가장 많이 갔었던 곳
남한강에서 가장 풍광이 좋은 곳
남한강에서 가장 많이 야영한 곳

2020년 3월 서울 한강변

달리기엔 좀 불편하더라도 폭신폭신하고 촉촉한 자연의 길이
편안하지만 딱딱한 콘크리트나 아스팔트 길보단
산책하기엔 훨씬 여유롭더라.

용산역에서 나오다가 우연히 러시아인 배낭여행가 커플을 만났다. 그들의
짧은 영어와 내 짧은 러시아어를 섞어서 유창한 대화까진 아니었지만 전
반적인 의사소통엔 별 어려움은 없었다. 한 시간이 훌쩍 넘도록 서로의 여
행 얘기를 나누느라 시간 가는 줄 몰랐다. 겨우 만원밖에 도와주지 못한
게 가슴에 걸린다. 부근의 롯데리아에서 아이스크림을 세 개 사다가 나누
어 먹은 후 아쉬움의 작별을 나누었다. 꽤 오래전 알타이 지방의 바르나울
에서 한 러시아 대학생으로부터 며칠간이나 숙박 신세를 진 적이 있었는
데 이제야 그 은혜의 극히 일부나마 쬐끔 갚은 듯해서 속이 흐뭇해졌다.

2019년 5월 용산역 통로

나는 여행 목적지에 대하여 최소한의 기본적인 정보와 지식만을 준비하
는 편이다. 지나친 정보와 지식은 목적지에 대한 신비감이 떨어져서 여행
의 즐거움이 감소되고 또한 지나친 기대로 인하여 종종 실망하기 십상이
다.
때로는 아무런 사전정보나 선입관념 없이 베일에 쌓인 채 무지와 순수함
으로 다가가는 무아의 여행이야말로 여행의 진정한 즐거움을 배가시켜
주곤 한다.

2006년 8월 아제르바이젠 古都 쉐키

2006/08/20 11:48:18

반듯하게 꾸며진 포장도로가 아니라
좀 불편하고 느리게 가더라도
이런 아늑한 길들에 끌린다.
지구촌 공동멸망을 앞당기는
과잉생산, 과잉소비는 이제 그만.

2020년 6월 고양시 대화천변

시간에 쫓기지 아니하고
여유롭게 천천히 달리다 보니
비로소 하늘의 구름이 달리 보이기 시작하고
비로소 땅 위의 풀들이 달리 보이기 시작하더라.

이제는 한 템포 늦춰가면서
살아가기로 작정했다.

2014년 5월 몬테네그로 古都 코토르

자전거 타고 갈 때 보았네
자동차 타고 갈 때 보지 못한 그 꽃

걸어갈 때 보았네
자전거 타고 갈 때 보지 못한 그 꽃

2014년 7월 헝가리의 예술인 도시 센텐드레

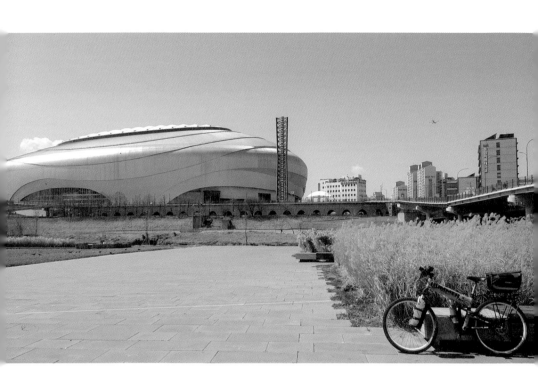

지구를 구하러 내려온 UFO?
아니, 그 앞의 자전거야말로
지구를 구할 수 있는 알파요, 오메가이다.

2019년 3월 서울 안양천변

그들은 뭍에 오를 수 없고
자전거는 바다를 달릴 수 없다.
옳고 그름이 아닌 다름일 뿐이다.
살아온 환경이 다른 데에서 비롯된 현실일 뿐이다.

86

여행은
서로 다른 상대방을 인정하고 이해하고 배려하는
훌륭한 스승이 되어 준다.

2014년 5월 몬테네그로 항구 도시 바르

다리 짧은 모든 이들이여
모두 다 몽골로 오라
내가 너희 다리를 롱다리로 해주겠노라.

2009년 몽골의 일몰

"날개야 다시 돋아라.
날자, 날자, 날자, 한 번만 더 날자꾸나.
한 번만 더 날아보자꾸나."

고양시 변두리

고통 없이 얻는 것은 없다.
No Pain, No Gain.

2014년 9월 블라디보스토크 시내 공원

내일도, 내년에도, 5년 후, 10년 후, 20년 후에도
이 아름다운 꽃을 또다시 볼 수 있을까?
지금 이 순간,
아름다운 세상을 바라볼 수 있다는 것만으로도
살아있음에 감사드린다.

2015년 4월 고양시 일산 경의중앙선변 자전거길

세상을 맘 내키는 대로 가슴 끌리는 대로
다른 색깔로 바라보고 싶고
뭉뚱그려 보고도 싶고
뒤집어 보고도 싶다.

고양시 장월평천

3부

길을 잃는 것이 길을 찾는 길이다

지도에 없는 길
교과서에 없는 길
여행안내서에 없는 길

길이 아닌 길

2010년 8월 몽골 고비사막 단독 자전거여행 중

눈앞이 안 보일만치 폭설이 휘날리는 겨울밤엔 목적지 없이 페달 밟히는 대로 떠나가야겠다. 포장도로나 도로표시판 따윈 없어도 좋다. 지도에 아직 없는 길이라면 더욱 좋겠다. 남이 닦아놓은 길을 답습하진 않겠다. 더 이상 내비에도 끌려가진 않겠다. 눈이 그치지 않아도 좋다. 아침이 다가오지 않아도 좋다.

2012년 12월 송년회 참가하러 경기도 광릉 부근으로 가던 길

98

천리길도 한 걸음부터!
총 800km 중 이제 겨우 10km 지났다.
아니 벌써 10km씩이나 지났다.
얼마 정도 지나면서 차츰 속도나 거리의 숫자 따위엔
신경 쓰지 않게 되었다.

2011년 스페인 성지순례길 카미노데산티아고

고비사막은 나로 하여금
관광객에서 여행가로 키워 주었고
여행가에서 모험가로 키워 주었고
도시인에서 노마드로 변모시켜 주었고
노마드에서 나그네로 변모시켜 주었고
갇힌 세상에서 열린 세상으로 인도해 주었고
열린 세상에서 비운 가슴으로 인도해 주었다.

Where am I?

Wo bin ich?

Где Я?

물리학적 위치 말고

영혼의 나침반이 되어주는

그런 GPS는 어디 없을까?

목적지로의 도착에 정신이 팔려서
여정 중의 아름다움을 제대로 음미하지 못했다.
지나고 보니 내 인생도 마찬가지였더라.

2014년 6월 세르비아의 작은 음악 마을인 차차크로 가던 길

남의 발자국이나 밟으며 좇아가다 보면
길을 잃지 않아 천만다행이었지만
그건 남이 닦아놓은 길이었지 나의 길은 결코 아니었다.
결국 난 깨닫고 말았다.
이건 내가 바라던 탐험의 길은 오롯이 아니었다고.

길을 잃지 않음은 여행이 아니다.
길을 잃는 것은 길을 찾아가는 가장 훌륭한 방법이다.

2009년 8월 몽골 울란바토르에서 테렐지 가던 길

거칠 것 없는 몽골 초원을 자전거로 신명나게 달리던 어느 여름날 오후,
먹구름이 갑자기 다가오며 한동안 콩알만한 우박이 떨어지다가 소나기로
바뀌어 쏟아지다가 이윽고 멈추더니 곧바로 하늘에 멋진 무지개를 펼쳐
주었다. 궂은 날씨의 초원에 나타난 무지개라 더욱 아름답게 비쳐 보였다.
고비사막을 자전거로 여행하던 여름날,
햇빛 쨍쨍 비치는 날엔 뜨겁지만 새파란 하늘을 볼 수 있어 좋았고
비오는 날엔 눅눅하지만 뜨거운 모래밭을 적셔 주어 선선해서 좋았고
맞바람 부는 날엔 힘들지만 시원하게 땀을 식혀 줘서 좋았고
그러다가 비 그치고 무지개를 볼 수 있는 날엔 환상적인 사막이 천국처럼
다가와서 좋았다.
비록 내 삶이 내가 원하는 대로 다가오지 않더라도 어떤 순간이든 긍정적
으로 받아들이며 삶에 감사하는 마음으로 살아가야겠다.

2009년 8월 몽골

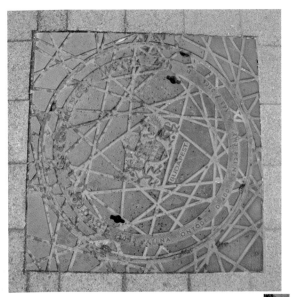

맨홀 뚜껑에도,
철제 다리에도
예술이 살아 숨 쉬고 있다.
기능만, 새것만 추구하는
삽질 문화는 숨이 막힌다.
얄팍한 껍데기 문화로의
집착은 그만 버리고
영혼이 숨 쉬는 문화가 무척 아쉽다.

2014년 6월 헝가리 부다페스트 시내

빛은 어두울수록 잘 보인다.
어려움에 빠지면서 비로소 세상의 빛이 보이기 시작했다.

행주산성에서 고양시 가던 길

CAMINO DE SAN'
Pila Románica
(SIGLO XII)

108

자의건 타의건 나락의 밑바닥으로 떨어질수록
오히려 자신과 세상이 제대로 보이기 시작했다.
재물이나 지식이나 정보의 수령에 빠져들수록
참 나와 참 세상을 잃어버리기 쉽다.

2010년 2월 스페인 성지순례길 카미노데산티아고

길을 잃어보지 못한 사람은
진정한 여행가가 아니다.
방황해 보지 못한 사람은
인생을 제대로 이해할 수 없다.

2014년 6월 우크라이나 흑해 연안 도시 오데사 시내 공원에서 우연히 만난 고려인과 함께

간힌 길은 안전하다.
그러나 다소 위험하더라도
활짝 열린 길이 훨씬 더 좋다.
안전한 성 안에 간혀 살다가 소파 위에서 리모컨이나 누르다가
안락사 하느니
길 위의 자유로운 보헤미안 집시로 살아가겠다.

2014년 4월 헝가리 부다페스트를 떠나 슬로베니아로 가던 길

"저 고시에 합격하면 난 행복해질 거야."
"저 직장에 들어가면 난 행복해질 거야."
"저 사람과 결혼하면 난 행복해질 거야."
"저 아파트에서 살면 난 행복해질 거야."
"연봉 오천만원 되면 난 행복해질 거야."

행복이란 어떤 목적지에 도착해서 받는 메달이 아니다. 살아가는 과정의
모든 순간순간마다 숨어 있는 행복을 발견하는 사람만이 행복한 사람이
되는 것이다. 여행의 최종 목적지에 막상 도착하자 허무한 느낌에 빠져든
적이 수없이 많았다. 지나가던 여정의 모든 순간이 더 아름다웠었고 출발
을 준비하던 과정 또한 아름다웠다.
여행이란 행복이라는 이름의 '숨은그림찾기'였다.

휘황찬란한 저 불빛에 현혹되지 말라.
인간은 생태환경을 모조리 파괴하고 공존을 말살시키는
황금만능주의, 천민자본주의에 세뇌되고
과소비 껍데기 문화에 전염된 채 살고 있다.
인간은 어느덧 지구상에서 가장 해로운 동물로 전락하였다.

서울 한강변 자전거길

여행 시 고공으로부터의 드론 촬영은 새로운 시야와 시각으로 곧잘 멋진 구도를 보여주기도 하지만 정작 나 자신을 위한 여행이 아닌 남에게 보여 주기 위한 여행으로 전락되기 십상이다.

어느 순간 드론에 대한 소유 욕망을 말끔히 버렸다. 동시에 고급 카메라에 대한 욕망도 버렸다. 내겐 최신 스마트폰 하나면 충분하다. 특히 순간 포착이 생명인 여행 사진의 경우 더욱 그렇다.

여행의 베테랑이 될수록 짐가방은 점차 가벼워진다. 가방이든 가슴이든 많이 비울수록 새로운 걸 더 많이 채울 수 있기 때문이다. 어차피 관 속으로 들어가는 마지막 순간엔 텅 빈 손일 뿐이리니.

2014년 6월 몰도바 수도 키시나우 시내 공원

국가 간의 월경에선 적잖은 긴장감과 기대감이 교차하곤 한다. 일상생활 속에서도 종종 환경의 변화에 따른 매듭이 필요함에도 내 뜻대로 쉽사리 이루어지지 않을 땐 첫발을 내딛는 낯선 나라로 여행을 떠나곤 했다. 낯선 환경일수록 변화로부터의 깨달음은 더욱 찡하게 다가왔다.

2014년 6월 마케도니아에서 세르비아로 넘어가는 국경 직전

디지털 내비에 의존하기보다는
종이지도 보기를 선호하고
지도에 의존하기보다는
도로표지판 보기를 선호하고
GPS에 의존하기보다는
본능적인 방향성을 선호한다.

목적지 없이 발길 닿는 대로 가슴 끌리는 대로
집시와 노마드와 보헤미안답게 유유히 나아가고프다.

2014년 5월 그리스 국경도시 플로리나로 들어가는 길

사막은 막다른 길이다.
동시에 모든 곳으로 뚫린 길이다.

2009년 8월 몽골

118

도로 끝, 사막 시작.

우리네 삶에서도 어느 순간 갑자기 편안한 포장도로가 끝나고 황량한 사막이 닥쳐오곤 했지만 언젠간 끔찍했던 사막이 끝나고 안전한 포장도로로 되돌아오곤 했었다.

2010년 8월 중국 국경도시 어렌호트에서 몽골 국경도시 자민우드로 넘어오다

지나치게 목표지향적인 삶은
자칫 크나큰 실망으로 이어지기 십상이다.
나이 들수록 목표보단 과정에 충실하기로 했다.
여행할수록 목적지보단 여정에 충실하기로 했다.
관광객으로 들끓는 두브로브니크를
결국 세 시간 만에 빠져나오고 말았다.
지나친 기대는 적잖은 실망을 낳을 뿐이다.

2014년 5월 아드리아해 연안의 크로아티아 두브로브니크를 지나며

아는 만큼 보인다.
꿈꾸는 만큼 이룬다.
사고하는 만큼 판단한다.

SUV나 MTB는 흙탕물 자국이 있어야 어울림.

낮도 아닌 밤도 아닌
하양도 아닌 까망도 아닌
빨강도 아닌 파랑도 아닌

왼쪽도 아닌 오른쪽도 아닌
O도 아닌 X도 아닌
그냥 그저 그런 땅거미 질 무렵

이런 평화롭고 아름다운 풍경을 또다시 볼 수 있는 날이 얼마 남지 않았
다. 기후전문가들은 지구온난화 단계는 이미 지나갔고 이젠 지구열대화에
들어섰다고 한다.

바야흐로 인간 세상의 극단적이고 혁신적인 변화 없이는 지구는 불과 수
십년 이내에 구석기 원시시대로 되돌아가게 되리라 본다.

과욕, 과소비에 물들어가는 황금만능 천민자본주의가 사라지지 않는 한
지구의 수명은 제살깎아먹기를 계속하며 엄청난 가속도로 줄어들고 있다.

코비드19, 핵무기경쟁, 지진, 화산폭발, 산불, 대홍수, 쓰나미를 비롯하여 각종 대기 공해, 플라스틱 공해 등이 서로 맞물려 지구수명이 얼마 남지 않았음을 적나라하게 드러내고 있다.

지구촌 시민 각자가 최후의 서바이벌리스트가 되려면 검소하고 소박한 미니멀리스트가 되어야 한다.

경기도 양평 남한강변에서 바이크캠핑 중 바라본 강건너 풍경

넘어지고 일어나는 사람은 절대로 넘어지지 않는 사람보다
절대로 넘어져 본 적이 없는 사람보다 훨씬 강하다.
그늘이 없는 사람은 빛을 깨달을 수 없다.

여행과 독서는
닫힌 사고로부터
열린 사고로 나아가는 길
"여행은 길 위의 독서
독서는 책 속의 여행"

전 세계를 일주 중인 독일인 자전거여행가와 함께
2015년 4월 한강변

4부

내일은 더 나은 실수를 하자

청춘은 아름다워라

청춘이 내 곁에 있는 것만으로도 청춘에 물든다.

아름다움이 내 곁에 있는 것만으로도 아름다움에 물든다.

132

한때는 험비를 그토록 갖고 싶은 적이 있었다.
꿩 대신 닭(이라고 쓰고 꿩 대신 병아리라고 읽음)이라고
지금은 자전거만으로도 만족하고 있다.
결국 미니멀리스트다운 가장 현명한 선택이었다.

자동차는 돈을 태우고 脂肪을 키우나,
자전거는 脂肪을 태우고 돈을 키운다.

2014년 5월 알바니아 산악지방을 지나다가 허머를 만나다

134

미니멀리스트로서의 삶은 종종 업그레이드가 아닌 다운그레이드를 필요
로 한다.

보다 훌륭한 과실 수확을 얻으려면 가지치기가 필요하듯이, 보다 중요한
것에 올인하려면 덜 필요한 곁가지들을 포기해야 한다. 훌륭한 여행가는
재물을 쌓는 따위엔 관심을 비우고 경험을 쌓는 것에 관심을 집중한다.

바이크 오디오를 가볍고 작은 JBL로 바꿨다. 음량은 좀 줄었지만 음질은
JBL답게 훨씬 향상되었다.

내가 사랑하는 애마 노랑이 허머

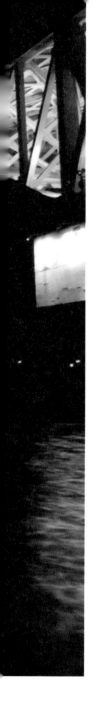

공대생 출신이 이 정도
글발이나마 끄적거릴 수 있는 건
어렸을 적 거의 십 년간
짝사랑의 편지 쓰느라 고뇌에 찬
밤샘의 덕분이었으리라.
그녀는 이제는 내 바램에서 이미 깨끗이
지워져 버렸지만 내 글쓰기의 바탕에
든든한 밑거름이 되어주었다.
러시아문학과 예술의 화려한 꽃도
유럽처럼 부유하거나 화려한 삶으로부터가 아닌
모진 추위 속에 처절한 가난과 고뇌로부터
추출되어 잉태된 것이었다.

2015년 12월 서울 한강 성산대교 밑

메마른 곳, 갇힌 곳에서
팔다리가 잘리고도
생생하게 살아내고 있는 식물 앞에서
감히 어떤 말도 할 수 없었다.
묵묵히 나 자신을 비춰보았다.

2019년 고양시 일산 동네

사막여행을 통한 단상(斷想)

소유를 줄이려면

욕심 자체를 줄여라.

겉으로 보이는 물질적인

소유를 줄이는 것도 중요하지만

소유하려는 욕심 그 자체를 줄이는 것이

보다 근본적이고 현명한 방법이다.

물질의 세계보다 영혼의 세계를 바라보라.

불필요한 물건과 관심을 과감하게 버림으로써

물질적인 욕심에서 오는 껍데기 기쁨에서 벗어나

평화로운 영혼에서 오는 내적인 편안함을 즐길 수 있게 된다.

비우는 만큼 얻어지는 것들은 더욱 커지게 된다.

소유를 줄일수록 얻게 되는 정신적 행복감은 훨씬 더 커진다.

2010년 몽골 고비사막

전깃줄이 사라진 전신주, 이빨 빠진 호랑이 같은 처지에
내 모습이 겹쳐 보인다.
이빨 빠진 호랑이는커녕 이빨 빠진 고양이겠지.
과거의 영광은 하늘의 구름처럼 사라져 갔을 뿐.
마침표와 느낌표로 가득 찼던 여행에서 벗어나
이젠 말줄임표와 말없음표의 여행을 하련다.

2014년 5월 알바니아 산악지방

저 빈티지 트럭처럼 내 자전거도 빈티지 바이크라는 명성을 들을 수 있을
만큼 오래도록 생존할 수 있을까?
물건을 잘 갈고 닦아서 오래도록 쓸 수 있다는 건 참으로 아름다운 일이
다. 하물며 사람은 말할 나위가 없을 텐데 내겐 더욱 요원하기만 하다.
Oldies but Goodies.

2017년 10월 경북 영덕

실낱 같은 한 줄기 가능성만으로도
실오라기 같은 한 가닥 희망만으로도
그들은 끝끝내 살아내면서 꽃을 피운다.

2014년 5월 몬테네그로 古都 코토르

메마른 낙엽 속 어미 잃은 아기 청개구리가
너무 외롭고 추워 보인다.
내 눈엔 그렇게 보이지만
개구리한텐 지금 이 환경이 천국일지도 모른다.
사람들은 항상 자기 시각으로만 세상을 바라보고 있다.

내 모습이 投影된 것 같아서
0.5초 동안 同病相憐이 느껴졌던 순간

存在의 理由
Raison d'être

2014년 5월 몬테네그로 古都 코토르

아빠는 피곤해
아이는 심심해
대화가 필요해

2014년 6월 몰도바 수도 키시나우 시내 레스토랑

148

잃어버린 시간을 찾아서

2011년 3월 프랑스 파리 시내

실바람이 불어와 수면을 흔들어 놓았을 뿐이었다.
저 건물은 저 하늘은 흔들리지 않고 가만히 있었을 뿐인데
우리는 여전히 신기루 허상 속에서 살아가고 있다.

2014년 5월 몬테네그로 古都 코토르

비운 척 했지만
제대로 비워지진 않더라.
버린 척 했지만
제대로 버려지진 않더라.
느긋한 척 했지만
제대로 느긋해지진 않더라.
그래도 포기하지 않고 그런 척이라도 하며 살아가리라.

2013년 9월 서울 한강변에서 별똥별을 촬영하러 크나큰 기대 속에 나왔다가 결국 구름 낀 날씨로 못 찍었지
만 꿩 대신 닭으로 건진 사진 한 컷에 만족하다.

152

일상이 소풍이자
여행이자 탐험이다.
일상을 여행처럼
여행을 일상처럼

2020년 5월 고양시 일산 시내

누군가 또다시 고운 파스텔톤으로
새로운 그림을 그려놓았다.
도대체 누구였을까.

2020년 5월 경기도 고양시 장월평천에서

눈높이를 맞춘다는 것은
상대방을 제대로 이해하는 지름길이다.
시각에 따라 보이는 것의 차이는 엄청날 수 있다.
때로는 내 눈을 낮춰야 하고
때로는 내 눈을 좁혀야 하고
때로는 내 눈이 다가가야 한다.

2020년 5월 고양시 장월평천에서

無題

Untititled

우리의 삶에는
대부분 제목이 없다.
그래서 더 아름답다.

벌써 어느덧 금요일 주말이 되어버렸다.

일주일이 너무 빠르게 덧없이 지나가고

일개월이 너무 빠르게 덧없이 지나간다.

해외여행 중엔 하루하루가 신비로운 낯섦의 연속이었음에 비해

별다른 변화가 없는 일상은 뻔한 지루함의 연속일 뿐이다.

하루하루를 익숙하지 않은 낯섦의 시간으로 채우고 싶다.

2014년 4월 헝가리 자그레브 교외에서

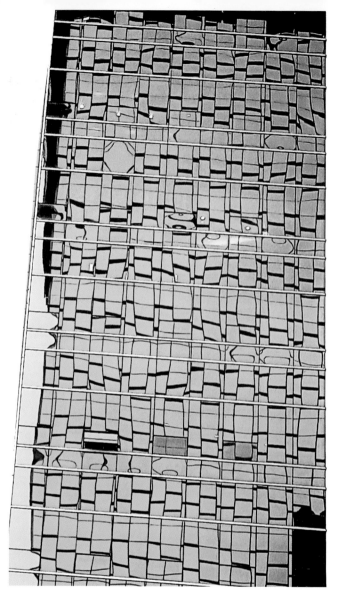

건물의 유리창이 반듯하지 않으면 비치는 풍경이 삐뚤어지게 보이기 마련이다. 그러나 가끔은 고개를 돌려 세상을 삐딱하게 바라보거나 뒤집어놓고 바라볼 필요도 있다. 반듯한 것만이 세상의 모든 것은 아니기 때문이다. 범생이로만 살아온 이들이 종종 세상을 오판하듯이.

삶이란

옳고 그름이 아닌

각자의 취향 나름

남한강변에서 자전거 캠핑 중에 외국인 여행가와 함께

오랜 동안 꿈을 키워간 사람은
마침내 그 꿈을 이루어 낸다.

오랫동안 꿈이 식어간 사람은
마침내 그 꿈이 사라져 버린다.

깊어가는 가을 숲속에
주책없이 장미꽃이 피었다.
이 가을에 나도 주책없이 느닷없이
장미꽃 한 송이 피우고 싶다.

"후회하지도, 부르지도, 울지도 않으리"

- 세르게이 예세닌

미라처럼 바짝 마른 이 꽃을 발견하자
웬일인지 자석처럼 꽃에 끌려 홀려버리고 말았던 순간

프로는 "난 꼭 할 거야, 난 해냈어"라고 말하지만,
아마추어는 "난 하고 싶었어"라고 말한다.

Out of Sight, Out of Mind.
눈에서 벗어나면 마음에서도 벗어난다.

그러나 때로는 멀리 떨어져서 숲속의 나무를 관찰하듯이
마음의 눈으로 곰곰이 살펴보아야
실체를 객관적으로 바라볼 수 있게 된다.
진정한 아름다움은
육체의 눈으로 보이는 게 아니라
영혼의 눈 속에서 드러난다.

영혼이 아름다운 사람이야말로
진정 아름답게 빛나는 육체의 주인이 된다.

2010년 8월 몽골 고비사막

벼이삭이 영글어가며 고개를 숙이고 있는 이즈음
내 머릿속은
영글긴커녕 점점 더 비어가기만 하고
고개숙이긴커녕 꼰대 마냥 뻣뻣해지지 않는지
부끄러운 시선으로 자꾸만 뒤돌아보게 된다.

경기도 고양시 장월평

166

바다와 노인
삶의 여유란 거창한 것이 아니라
저렇게 느긋하게 세월을 음미할 줄 아는 것.

2014년 5월 이탈리아 항구도시 바리의 아드리아해 건너편인 몬테네그로 항구도시 바르

개망초가 한창 피어나는 요즘
화려한 꽃들은 눈으로 바라보지만
소박한 꽃들은 가슴으로 다가온다.
진짜 중요한 것은, 진짜 아름다운 것은
눈으론 보이지 않고 가슴으로만 느낄 수 있다.

이름 모를 꽃들의 흔들림,
이름 모를 새들의 지저귐,
살아있어 존재하는 것만으로도
그저 한없이 고마울 뿐이다.

나이 들수록
세상이 얼마나 아름다운지
가슴 벅차게 느껴지던 순간

어차피 혼밥, 혼술, 혼잠… 혼삶에 익숙해져야 할 사람들에겐 코로나가 화끈한 도화선이자 냉철한 채찍이 되어 주고 있다.

시간은 육체를 녹슬게 하지만 여행은 영혼을 빛나게 만든다.

난 사자야
개가 아니라니까

174

내일은 더 나은 실수를 하자.

Let's make better mistakes tomorrow.

미국 트위터 본사에 들어서면 눈에 가장 잘 띄는 곳에 걸려 있는 사훈이
다. 액자가 거꾸로 걸려 있어 글자를 뒤집어 읽어야만 읽을 수 있다. 트위
터는 남다른 생각, 남다른 실수로 태어난 회사로서, 실패에 실패를 거듭한
끝에 탄생된 회사로서 창의성을 마음껏 발휘하는 창조적인 실수를 아이
디어로 변화시키는 기업문화를 단적으로 잘 표현해 주고 있다.

제대로 저질러 본 실수조차 없이, 제대로 저질러 본 실패조차 없이 그저
시간만 죽이며, 뜨거웠던 의욕은 차츰 식어가며 시름시름 살아가고 있는
내게 따끔하게 채찍질해 주는 고마운 구절이다. 실수나 실패를 두려워할
것이 아니라 그걸 발판 삼아 다음엔 더 나아지면 될 뿐이다.

용기 없이 아무 일도 저지르지 못한 채 멍청히 있지 말고 움직일 힘이 없
어 병실에 누워 있을 때 실수조차 할 수 없음을 뒤늦게 후회하지 말고 내
가 하고 싶은 일, 할 수 있는 일, 해야 할 일을 지금부터라도 과감하게 저
질러보자.

어차피 삶이란 실수의 연속이다.
내일은 더 나은 실수를 하기 위해 나는 오늘도 달린다.